UNE VOIX
DE PROSCRIT.

UNE VOIX DE PROSCRIT

MAZAS,

CASEMATES, LE CANADA, LE DUGUESCLIN,

SUIVI DE NOTES,

PAR

J. CAHAIGNE.

LONDRES,

JEFFS, LIBRAIRE, BURLINGTON-ARCADE.

1852.

UN MOT.

Que dire à propos de cet ouvrage? repose t-il sur un plan? non; et je crois avoir suivi la meilleure méthode en donnant, comme il les reçoit, les impressions du captif, le reflet de son âme.

Arrêté le 2 décembre à la naissance du jour, je suis conduit à la prison cellulaire de Mazas et mis au secret.

Vers quatre heures de relevée, mon gardien entre; il vient m'apprendre à fixer mon hamac aux tenons en fer scellés dans le mur.

A 5 heures, il reparaît: « Tenez-vous prêt, me dit-il, vous allez partir ce soir. — Pour aller où? — Je n'en sais rien. » Et la porte se referme.

Le même avertissement est donné à d'autres prisonniers. — C'est pour nous fusiller pendant la nuit, pensent les uns; d'autres croient qu'on nous enlève pour Nouka-Hiva ; telles sont les appréciations reçues depuis, par moi, de leur bouche; il y avait du vrai.

Le temps s'écoule et personne ne paraît. A neuf heures, je frappe au guichet pour interroger mon gardien : « Rien de nouveau encore, me dit-il, je n'éteindrai pas votre gaz. »

Dix heures sonnent, rien; puis onze heures, puis minuit. La prison est silencieuse, je m'étends tout habillé sur mon lit et je m'endors.

La cloche me réveille à 7 heures du matin; le gaz brûle encore; — interrogé quant au départ, mon gardien répond qu'il ne sait rien.

Lors de mon entrée à Mazas, l'attitude menaçante de cette foule de soldats massés dans la cour de la prison, m'avait assez instruit de l'importance de l'événement, quel qu'il fût. — « Que peut-il m'arriver de pis, me demandai-je mentalement, la fusillade, la transportation...? Résignons-nous; à la grâce de Dieu. »

Depuis cette heure, je me tins prêt à mourir ou à partir, mais en repoussant énergiquement toute réflexion à ce sujet; quand le moment viendrait, il serait temps d'y songer; avant, non. Pas d'angoisses ni d'alarmes, j'avais le temps de me recueillir au moment suprême.

C'est armé de cette résolution vigoureuse de ne pas m'occuper de mon sort à venir avant l'heure fixée, que je demeurai maître de ma situation morale; l'âme alors se replia sur elle-même et composa des chants, en attendant... quoi? je l'ignorais et je ne m'en préoccupai point.

MAZAS.

On peut isoler mon corps ; mais l'esprit, mais l'âme, non. J'en porte le défi à quiconque.

Pour ne pas tomber dans la morosité, dans l'abattement, dans la langueur, je mets en exercice ma fermeté, ma volonté ; je fais appel à l'imagination, au sentiment, à la poésie ; ainsi escorté, je suis sûr de peupler ma solitude. Qui vais-je appeler? un être aérien, fantastique, mais charmant, merveilleux; une péri, une fée, une sylphide? n'importe, je la ferai belle.

Prenons la forme d'une femme, la plus svelte, la plus fine, la plus délicate, la plus suave, la plus gracieuse ; mettons lui des ailes et puis écoutons un instant le frôlement de sa robe pailletée d'or; enrichissons-la des qualités morales les plus hautes : sensibilité, pudeur, bonté, tendresse, intelligence, justice, amour; un idéal enfin du bien et du beau. Voilà ma cellule peuplée.

Le soir ma prison est moins triste, le gaz brille ; sa flamme scintillante et nuancée rompt la monotonie de mon intérieur. Je choisis cette heure pour appeler mon ange ; il passe facilement au travers des barreaux; le voici : j'entends le bruissement de sa robe, la crépitation de ses ailes; parlons-lui et tâchons de bien dire. Il faut le remercier de sa visite et, à force de douces choses, l'engager à revenir.

LE BAISER DE MINUIT.

Qui que tu sois, péri, fée ou sylphide,
Dont, chaque soir, l'aile vient me frôler,
Pourquoi ta fuite est-elle si rapide?
Si douce amie et si tôt s'envoler!
Fille du roi de la céleste plaine,
Tu viens à moi dès que tombe la nuit,
Et, quand tu pars, je sens à ton haleine
Le baiser de minuit.

De l'avenir un peu moins soucieuse,
Auprès de moi toujours tu resterais;
Mais cette vie, à toi si précieuse,
En la brûlant d'amour, tu l'éteindrais.
C'est là ta crainte, ange dont la tendresse
Ravit mon cœur lorsque le jour s'enfuit;
Puis l'heure vient de ta douce caresse,
Le baiser de minuit.

Durant le jour, pensif, je compte l'heure
En espérant celle où tu dois venir,
Puis je me dis : « Ah! peut-être elle pleure
En ce moment sur moi, sur l'avenir. »
Mais la nuit vient pas à pas ; ta présence
Va ramener le charme qui te suit ;
Je goûterai ma pure jouissance,
Le baiser de minuit.

Chère invisible, ange de poésie,
Ne prendras-tu jamais un corps humain?
En aspirant ton souffle d'ambroisie,
Ah! quel bonheur si je pressais ta main!
Jusques au jour où ta voix amoureuse
Résonnera dans mon triste réduit,
Autant que moi, ma Péri, sois heureuse
Au baiser de minuit.

Prison cellulaire de Mazas, 4 décembre 1851.

A MES COMPAGNONS

MIS EN LIBERTÉ.

Devant vos pas la grille s'ouvre :
Allez en paix, mes compagnons ;
Sous le toit de plomb qui me couvre,
Ma voix encore a des chansons.
Du soir au matin le vent change
Dans notre mobile milieu.
J'ai l'espérance et mon doux ange :
Mon ange a l'oreille de Dieu.

Sans doute, en me laissant derrière,
Libres, vous regardiez encor
Pourquoi cette sombre barrière
Vers vous arrêtait mon essor.
La trahison, la fourberie,
Seules devraient peupler ce lieu ;

Mais espérez, mon ange prie.....—
Mon ange a l'oreille de Dieu.

Rendus à vos fils, à vos mères,
A vos amis, à vos amours,
Étanchez leurs larmes amères,
Faites leur de moins sombres jours.
A Mazas, qui m'enchaîne encore,
Bientôt je pourrai dire adieu. *
Mon ange a vu poindre l'aurore....
Mon ange a l'oreille de Dieu.

Prison cellulaire de Mazas, 9 décembre 1851.

(*) Mon pressentiment avait quelque chose de vrai. Quatre jours après je quittais Mazas.....; mais pour aller en voiture cellulaire au fort de Bicêtre. Ah ! que de fois j'ai regretté ma cellule !

L'OISEAU ET L'ANGUILLE.

FABLE.

Le saule étendait ses rameaux
Sur une mare peu limpide;
Un chanteur, à l'aile rapide,
Jouant sous le feuillis, prononçait quelques mots
— A l'entour inintelligibles.
« Que dis-tu là ? demande un hôte des bas-fonds ;
» Tes gammes savantes, sensibles,
» S'en vont, jouets de l'air.—En nos antres profonds
» Tu coulerais tranquille vie :
» Ici, jamais ne vient l'envie ;
» Ni l'oiseleur avec ses rets,
» Ni l'autour; vive le marais ! »

A l'honnête habitant de l'onde,
L'oiseau repart : « Naïf poisson,

» Parce que ta mare est profonde
» Tu crois être à l'abri ? Les rets et le poison
» Toujours sont mis au lieu qu'un tyran leur assigne.
» Voici déjà venir le pêcheur à la ligne ;
» La loutre rôde aussi, je la vois se blottir
» Dans les roseaux; pour toi, c'est mauvais [signe.
» Veille, poisson, tâche à te garantir.
» Mais entends bien ceci: l'eau se durcit en glace ;
» Le loup hante les bois, le lion les déserts ;
» L'anguille est dans la boue et l'oiseau dans les airs :
» Dieu, qui sait mieux que nous, mit chacun à sa [place. »

Voici notre moralité :
L'oiseau, c'est la nature avec sa poésie,
L'harmonie et la liberté ;
C'est le souffle éthéré, l'âme pure et choisie
Qui va chantant l'égalité.
Du créateur boueuse fantaisie,
L'anguille dans sa fange est la stupidité ;
C'est la peur, l'ignorance et la brutalité.

ESPÉRONS!

Entre les barreaux de la grille,
Voyez : le ciel sourit toujours.
Limpide est l'air, le soleil brille;
Il nous annonce les beaux jours.

Voici déjà de fleurs coiffée,
L'espérance. —Autour des barreaux,
Elle voltige, douce fée,
Malgré les prétoriens bourreaux.
Bien souvent, chez nous, le vent change :
Hier captifs, maîtres demain.....
N'allez pas repousser cet ange
Qui, riant, vous offre la main.

N'êtes-vous plus les mêmes hommes,
Apôtres de l'humanité,
Qui, hors du cloaque où nous sommes,
Voulaient tirer l'humanité?

Si l'obstacle, dans la carrière,
Abat quelques braves croisés,
L'espérance ouvre la barrière
Et rend la force aux épuisés.

Que votre âme rassérénée
Regarde en face l'avenir ;
Chez nous un moment détrônée,
La liberté va revenir.
Parfois, au milieu d'une fête,
L'ouragan se rue et mugit ;
Mais toujours, après la tempête,
Radieux le soleil surgit.

N'ayez plus ces regards moroses,
Ce front inquiet, soucieux,
Bientôt vont éclore les roses
Sous la tiède haleine des cieux.
La grande âme de la nature
Sur le juste veille toujours ;
Elle veut pour sa créature
Les doux loisirs et de beaux jours.

Fort d'Ivry, 4 janvier 1852.

A BORD DU CANADA.

Air *de Philoctète.*

Sur les proscrits entassés dans Ivry
Le soir étend son long manteau d'ébène :
Pleins de mépris, ils regardent leur peine
Le front levé, mais le corps appauvri.
Un bruit soudain se répand : « On enlève
Les prisonniers au milieu de la nuit ! » —
Pauvrés captifs ! Il font route à minuit [1],
Sous rude escorte, avec la loi du glaive.

Le lendemain, Paris dans la stupeur
Demande en vain père, époux, ami, frère ;
Ils n'y sont plus !—Le brutal arbitraire
Les jette à bord d'un navire à vapeur.
Le télégraphe, instrument de faussaires [2],
Allait au Havre annoncer les *forçats* [3].
Hideux bandits ! Les Véron-Cassagnats
Ainsi jetaient leur bave aux adversaires.

Pour le départ tous les marins sont prêts.
Cinq cents Français de leur terre natale
Sont arrachés pour la plage fatale,
Cayenne ! — On met sous voile une heure après.
Allez au loin, fiers soldats de la France,
Républicains, au loin allez mourir;
Les malfaiteurs ne pouvaient vous souffrir :
A vous l'exil ; pour eux la délivrance.

Durant la nuit, battus par les autans,
Devers Cherbourg il faut qu'on rétrograde.
Quatre grands jours, embossés dans la rade,
Nous attendons le retour du beau temps.
On lève l'ancre enfin ! La mer est belle ;
A Brest on doit aller mouiller le soir.
Mais de nouveau le vent gronde, et l'espoir
Vient se briser contre le flot rebelle.

Qu'adviendra-t-il ? Plus avance la nuit,
Sous le gros temps plus la mer nous est dure.
Cent malheureux, tout maculés d'ordure,
Roulent, battus du flot qui nous conduit.
Pâles, défaits, tout près de rendre l'âme,
Anéantis sous le poids de leurs maux,
Sans eau, sans air, comme des animaux (4),
Ils vont, jouets des vents et de la lame.

Quel est ce cri qui vient de retentir ?
« Tout est perdu ! Le vaisseau se fracasse ;
» Il a touché sur un banc, la carcasse,
» Craque déjà... La mer va l'engloutir ! » —
Un autre dit : « Le feu dans la machine ! » (5)
Cayenne alors s'efface à tous les yeux.
Cayenne est loin ; la mort est là ! Bien mieux
La mort agit : devant elle on s'incline.

La haute mer, au lever du soleil,
Menace moins, bien que toujours méchante.
L'esprit français renaît, on rit, on chante :
Chant d'alouette à l'instant du réveil.
Après sept jours de rude traversée (6),
En rade, à Brest, nous sommes à couvert.
Tel qui tremblait sur le gouffre entr'ouvert
Rit maintenant de sa frayeur passée.

Le Canada renfermait un trésor,
Loyaux marins, enfants du bon génie ;
Ils protestaient contre la calomnie,
Ils étouffaient le monstre à son essor.
Braves marins, notre reconnaissance,
Malgré les fers, en tous lieux vous suivra.
Vous fûtes bons : le ciel vous le rendra !
Vœu d'exilé porte aussi la puissance.

Rade de Brest, à bord du *Duguesclin,* 8 février 1852.

HYMNE DU BAPTÊME

SOUS L'ARBRE DE LA LIBERTÉ;

CHANTÉ POUR LA NAISSANCE DU CITOYEN FOMMEYROL (FERDINAND), A L'ASSOCIATION FRATERNELLE DES CORROYEURS, A BATIGNOLLES.

AIR *du Chant du Départ.*

La République est ta marraine,
Enfant, tiens en bon souvenir.
Suis, en bon fils, la souveraine :
C'est l'étoile de l'avenir.

Chérubin envoyé du ciel sur notre terre,
Au foyer ami viens t'asseoir;
Sur ta vie à venir plane encor le mystère,
Mais près de toi sourit l'espoir.
Aux conviés souvent la fête
N'offre rien qu'un rire moqueur.
De temps plus doux, charmant prophète,
Viens reposer sur notre cœur.
La République, etc.

Si l'orage survient, toi, si doux et si frêle,
En soutiendras-tu bien l'effort?
Sauras-tu défier la tempête et la grêle?
Oui, si tu restes libre et fort.
Rejeton de vaillante race,
Des Républicains tes aïeux
Noblement tu suivras la trace :
Ils avaient mis leur phare aux cieux.
La République, etc.

Caressé doucement sur le sein de la femme
Dont l'amour a su t'animer,
Garde toujours en toi l'essence de son âme :
Pour la mère, un seul mot : l'aimer.
C'est elle qui, douce martyre,
A ta bouche donne son lait;
Elle dont le bon cœur attire
Sur toi l'espoir et le bienfait.
La République, etc.

Un autre est près de toi, celui dont la puissance
Éveilla l'amour maternel.
A ton père tu dois amour, obéissance,
En retour du soin paternel.
C'est lui dont la main vigoureuse
Va soutenir tes premiers pas;

Lui qui, pour t'offrir vie heureuse,
Doit te guider jusqu'au trépas.
La République, etc.

Lorsque, du frêle enfant élargissant le rôle,
Le père a fait un citoyen,
Prends encor son conseil : c'est toujours bon contrôle
Que celui d'un homme de bien.
Mais que jamais mère ni père
Par toi ne soient mis en oubli :
Chez nous, enfant, rien ne prospère
L'amour filial aboli.

Pour une fille, même rythme avec les modifications suivantes : 1re strophe, 1er vers : Petit ange envoyé du ciel sur notre terre.... (*le reste de la strophe comme pour le garçon*).

2e STROPHE.

Des piéges du chemin il faut garder ta vie,
Chacun de nous y veillera.
Si ta tête penchait, d'un souffle impur suivie,
Ta mère la relèvera.
Quand la rose fléchit penchée
Sous une accablante chaleur,

La mère verse la rosée
Et ranime sa jeune fleur.
La République, etc.

De fille adolescente un jour le cœur s'éveille,
Un charme nouveau la conduit.
Mais auprès du chevet la bonne mère veille
Éloignant tout ce qui séduit;
Au premier soupir attentive,
Elle cherche à guider le cœur
Dont la course, souvent hâtive,
Le mène au-devant du vainqueur.
La République, etc.

Un autre âge viendra; chère petite fille,
Garde saint et long souvenir
Du bien que te donna la mère de famille,
Toi, mère aussi dans l'avenir.
Ange de l'espoir, que ton âme
Devine, au milieu de tes fleurs,
Combien l'enfant coûte à la femme
De baisers, de soins et de pleurs.
La République, etc.

4 mai 1850.

LE LAPIDAIRE ET LA PERLE.

FABLE.

Un lapidaire, un jour en son chemin,
Trouve une perle, il la prend dans sa main
Et puis avec soin l'examine.
« Bonne aubaine, dit-il, c'est une perle fine. »
Cependant il observe encor.
Une tache apparaît, légère, fugitive ;
Puis une autre, puis deux, puis trois, qui du trésor
Gâtent la valeur primitive.
Il découvre à la fin, en examinant mieux,
Une teinte fausse et blafarde :
« Oh ! dit-il, plus je te regarde,
» Plus tu parais terne à mes yeux ;
» Tu n'es qu'un faux joyau ! » — Lors il la casse en
[deux.
La perle était pleine de fange.

L'examen soutenu bien trop souvent dérange

Nos premiers désirs et nos vœux.
La perle, c'est le cœur; on l'avait cru d'un ange,
Bon, sensible, aimant, généreux...
Le voile déchiré tout change;
Trop souvent c'est un cœur bas, sordide et fangeux.

LA RADE DE BREST.

1839-1852.

Quand le soleil levant nuançait, belle rade,
Sur les monts d'alentour ton manteau de parade;
Lorsque la *Jeanne d'Arc,* au corsage onduleux,
Mirait dans ton cristal ses nattes de cheveux,
En regardant rouler le flot qui la balance
Et les monts, et la mer, j'admirais en silence.
Bientôt l'extase vint; poète voyageur,
Je vois, du cours d'Ajot, les marins du *Vengeur,*
Et la mort couronnant leur courage héroïque.
Puis le sublime cri : vive la République!
S'abaissant par degrés..... *Vengeur* et matelots,
De gloire étincelants, s'abîment dans les flots.

Le canon me tira de ce rêve sublime.
Un forçat évadé de l'enceinte où le crime

Traîne si lourdement et ses jours et ses fers,
Avait mis en émoi la chiourme ; aux maux soufferts
On allait ajouter. — A ce signal d'alarme
Sur mon cœur oppressé je sentis une larme.
Fourche et faulx à la main, de tous les environs
On voyait accourir les paysans bretons.
Cent francs ! la riche prime offerte à l'indigence !
C'est de quoi vivre un an ; c'est assurer vengeance
A la loi qui, chez nous, frappe les malfaiteurs.
La loi, moyennant prime, obtient des protecteurs.

Ma pensée était triste et mon âme malade;
Mais le soir, de nouveau, je revins à la rade ;
Cet admirable aspect, et les cieux et la mer
Eurent vaincu bientôt le sentiment amer.

Ainsi, durant vingt jours, je passai ma soirée.
Les étoiles, les monts et la mer azurée
Rassérénaient mon âme et l'emplissaient d'espoir :
Rade, alors je promis de revenir te voir.

Après douze ans passés me voici, belle rade.
Mais des jours d'autrefois amère mascarade !
Le poète aujourd'hui sans lyre, sans pinceau,
Est retenu captif au bas-fond d'un vaisseau.

Quel contraste! un forçat à pleins poumons respire;
Criminel, dans le bagne, à longs flots il aspire
Cet air que Dieu, pour tous, épand dans l'univers.
C'est de droit naturel. — Mais pour nous, à travers
Les hublots du navire, on recueille à grand' peine
Cet air vital qui doit rafraîchir notre haleine.
Le forçat boit du vin. — L'eau seule, en nos repas,
Vient délayer des mets que je ne décris pas. (1)
Entassés, à cinq cents, dans un étroit espace,
Entre la batterie et la lame qui passe,
Chaque pauvre captif, à l'horizon restreint,
Regarde tristement le cercle qui l'étreint.
OEil morne, teint plombé, poitrine haletante,
Les membres alourdis, l'haleine rebutante,
Tels sont les résultats du régime navrant
Que la rigueur impose au prisonnier mourant.
Nos hamacs accrochés, incommodes corbeilles,
Nous serrent sous le pont comme un essaim d'abeilles,
Moins cependant la joie et le parfum des fleurs.
Un sommeil tourmenté, d'indicibles douleurs,
Ainsi traîne la vie au faux-pont où nous sommes.
Qu'on s'étonne à cela de rencontrer tant d'hommes
Portant au front le sceau des peines, des chagrins.
Pour nous aider, il faut que de braves marins
Tout pleins d'humanité, le capitaine en tête,
Éloignent, à grands soins, le typhus qui s'apprête

A verser son venin dans la coupe aux douleurs.
La calomnie encor se mêle à nos malheurs.

Qui donc allait ainsi bavant la calomnie?
Qui? La bande en tous lieux des gens de bien honnie;
Tourbe de chenapans, de mouchards, de fripons;
Proxénètes de cour, de plume, de salons;
Bipèdes vomitifs se vautrant dans la mare
De la corruption.—C'étaient un Delamarre,
Son valet Céséna, Delahodde, Véron,
Chenu, le Cassagnac, Fialin, Victor Bouton,
Le meurtrier Maupas (2), Carlier, Carlier lui-même;
Oui, Carlier l'immoral, le bandit fait système;
Morny l'adultérin, le crapuleux Romieu,
Magnan et St.-Arnaud, routiers de mauvais lieu,
Resplendissants héros de la moderne Sparte,
Chair et sang du forban, du bâtard Bonaparte (3).

Et, pour plus de dégoût, voici les cotillons
Au camp élyséen plantant leurs pavillons.
C'est la cavale anglaise Howard, bête de course
Réglant ses mouvements sur le poids de la bourse;
Rosse auprès d'un sac plat, vive, où foisonne l'or.—
La Mathilde-Niewkercq, jument de même essor;
Elle-même a choisi son étalon en Prusse,
En Hollande, peut-être... Alliée au sang russe (4),

Elle piaffe au grand jour avec son Hollandais,
Classé, dans l'Élysée, au haras des baudets ;
Encor, la belle-sœur du saint Vincent-de-Paule
Des notaires français, livrant sa blanche épaule
A Morny, le bâtard du comte de Flahaut
Et de l'incestueuse Hortense. — En lieu si haut
Pour se montrer en tout digne de la couronne,
On n'est fille ni femme pure, on est matrone.

Au bouge élyséen ainsi grouille la cour
De Mandrin émaillée et de Coco-Lacour.

Allez ! L'histoire ici nous réserve une page
Qui restera gravée au cœur de l'équipage ;
Ici, le sens moral n'est pas à son déclin ;
Non ! non ! L'honneur commande à bord du *Duguesclin*.

Qu'espéraient les bandits ? Briser ces âmes fières
Cherchant toujours aux cieux les plus vives lumières ?
Folle erreur ! L'âme calme encore chantera :
Harpe, fais ce que dois, advienne que pourra !

Oui, jusqu'au dernier terme, il faut que le courage
Oppose un front d'airain aux fureurs de l'orage ;
Enfants de Dieu, gardons son souffle précieux.
S'il faut tomber, tombons l'œil tourné vers les cieux.

Arrière donc, soucis; peines, chagrins, arrière !
La sainte poésie ouvre à tous la carrière;
Impassibles et fiers, saluons l'avenir :
Chantons la liberté, l'amour, le souvenir.

Rade de Brest, à bord du *Duguesclin,* 21 janvier 1852.

PRIÈRE DU SOIR.

L'homme, on l'a dit partout, est d'essence divine.
Tendre ou flagellateur,
Qu'il maudisse ou qu'il aime, aisément on devine
Le doigt du créateur.

Mais cherchez bien aussi dans les yeux de la femme
Au regard velouté :
C'est là qu'est le rayon de la céleste flamme,
De la divinité !

J'en connus une.... Vierge, enfant de la nature,
Douce comme un beau jour.
De ses mains Dieu lui-même ornait sa créature
De splendeur et d'amour.

De ces dons précieux qui charment, qu'on révère,
Il ne lui manquait rien :
Esprit, beauté, pudeur, tendresse, âme de verre,
Essence de tout bien.

Un soir, en admirant des cieux le frontispice,
Ame pure et sans fiel,
Au seuil de l'empyrée elle avait lu : Justice !
Mot sublime du ciel !

Durant la promenade intime et solitaire,
Des larmes dans les yeux,
Touchante, elle me dit : « Pourquoi donc sur la terre
» Est-il des malheureux ?

» Des malheureux ! Pourtant la grande âme éternelle
» Aime tous ses enfants.
» Mais le crime combat la bonté paternelle
» Et nous fait les méchants. »

Étoile des beaux jours, hélas ! Je l'ai perdue !
Ne dois-je plus la voir ?
Ah ! Dieu bon, par pitié pour une âme éperdue,
Laisse m'en le pouvoir.

Rends-moi, mon Dieu, rends-moi cet astre de ma vie
Que ton souffle anima.
Pour jamais à mes yeux l'aurais-tu donc ravie ?
Bon père.... Elle m'aima !

Prison cellulaire de Mazas, 6 décembre 1851.

Pour un instant du bord j'esquive la férule,
Retournons à Mazas : ma Péri ! ma cellule !
Les goëlands sont couchés ; partout s'étend la nuit :
Ma Péri, viens encore ; au moins jusqu'à minuit.

LA PÉRI.

Air : *Qu'on m'apporte du houx.*

Dans mon triste réduit
Lorsque descend la nuit,
Ma gaîté se réveille,
Vraiment.
Le gaz va bientôt s'enflammer ;
La Péri vient pour me charmer :
Des cieux c'est la merveille !
Vraiment,

J'aime mieux mon trésor
Que le gros lingot d'or.

Sensible, charmante,
Ange des bienfaits,
Voilà mon amante
Comme je la fais.
Ma tête s'enflamme,
Mon cœur bat si fort
Qu'on dirait que l'âme
Brise son ressort.

Comme Prométhée
Intrépide amant,
Mon âme emportée
Monte au firmament.
Aux cieux je dérobe
Leurs plus beaux trésors;
J'en fais une robe,
J'en pare son corps.

De sa voix divine
J'écoute les sons;
Alors je devine
Mes douces chansons.

En vain lourd système
cherche à m'étourdir;
Ma Péri les aime!
Je me sens grandir.

Voici déjà l'heure;
Ma Péri s'enfuit.
Lors mon âme pleure,
Il n'est plus minuit.
Mais l'enchanteresse
M'a laissé l'espoir;
L'ange de tendresse
Reviendra ce soir.

Ce soir! la souffrance
Cède au mot vainqueur:
Ah! que l'espérance
Fait de bien au cœur!
Ainsi rassurée,
Dans ses rêves d'or
Mon âme épurée
Se berce et s'endort.

Prison cellulaire de Mazas, 10 décembre 1851.

M. M. C...

LE PAPILLON ET L'HUITRE.

Un jour, l'huître tenait par l'aile un papillon;
Ce qu'il souffrait... bon Dieu ! Je le donne à compren-
[dre.
« Lâche-moi donc, dit-il ; tu sais, je dois me rendre
» Au milieu de ce doux vallon,
» Où m'attendent l'amour, les fleurs, la poésie. »
Mais l'autre : « On a chez moi pâture mieux choisie :
» Crois-moi, quitte tes fleurs, tes amours ;—Sur mon
[banc
» Riche odeur de marée ; eau bruyante, rapide...
» —Oui ; mais, la boue aidant, souvent trop peu lim-
[pide.
» Lâche-moi ! Lâche-moi ! Je mourrais en tombant.»
L'aile du papillon casse alors ; il s'échappe,
Volant de çi de là, comme un pauvre blessé ;

Mais au moins il est libre; il fuit la chausse-trappe
Où démarche imprudente un jour l'avait poussé.

Ignorant ou fâcheux trop souvent nous accroche.
Égoïste, il voudrait, nous clouer sur sa roche.
Poète ainsi froissé, comme le papillon,
Laisse un bout de ton aile et retourne au vallon.

Amiens 1er avril 1851.

PRIÈRE DU MATIN.

Jadis lorsque les catholiques
Me vantaient leur ange gardien,
Peu confiant en leurs reliques,
Je me moquais, en vrai païen.
Un malheur a parfois ses charmes :
En prison, qui l'eût su prévoir?
Sur moi coulaient de douces larmes,
Larmes de mon ange du soir.

Comme au bonheur on s'habitue!
Quel désir de l'étendre encor!
La Péri, de gaze vêtue,
Offrait déjà bien doux trésor.
Mais le captif veut joie entière :
Rêvant toujours plus beau destin,
Son cœur, dans la tendre prière,
Invoque l'ange du matin.

« Fais, dit-il, que la rêverie
» Me caresse après le sommeil ;
» La source encor n'est pas tarie
» Où l'âme puise à son réveil.
» Que mon cœur soit une chapelle
» Foyer de tendresse et d'espoir :
» Ange du matin, je t'appelle ;
» Sois doux comme l'ange du soir. » —

La nuit, si parfois un beau songe
Charme le cœur de l'opprimé,
Pour aider le riant mensonge,
Survient l'esprit de l'ange aimé.
Pour que le proscrit rêve encore
Ses beaux jours, de l'ange la main
Met un voile au front de l'aurore ;
Doux soin de l'ange du matin.

Ainsi la sainte poésie,
En déployant ses ailes d'or,
Parfume l'âme d'ambroisie,
La soutient, la berce et l'endort.
Belle et touchante créature
Est son modèle, son miroir,

Et pose ainsi dans la nature
L'ange du matin et du soir.

Hôpital maritime de Brest, 1er mai 1852.

LE MULET.

Certain mulet de cour, orgueilleux de sa race,
Se prélassant disait : « Voyez-moi ! je descends
» De l'Empire-Étalon, de celui dont la trace
» Demeure encore au sol qu'il foula quarante ans.
» Donc, je suis prince... au moins ! » — « Bah ! reprend
[l'écuyère,
» Toi, rejeton de roi ! toi, pur sang ! ah ! vilain,
» Ta mère, on le sait trop, fut belle poulinière ;
» Mais, on le sait non moins, sa royale crinière
» Fut polluée un jour par l'âne du moulin.
» Eh donc ! reprends le bât de ton père ; vilain,
» Prends-le vite... ou sinon, gare aux coups de lanière. »

A Madame Clémentine D.

Et quoi ! Ma douce jeune femme,
Vous demandez aussi des vers ?
Mais si la rouille de mes fers
Allait déteindre sur votre âme !

N'est-ce pas un peu se hâter ?
Je le crains pour vous, Clémentine :
Votre gaité franche et lutine
Ne va-t-elle pas se gâter ?

Et cependant trop longue attente
Pourrait faire couler vos pleurs ;

J'aime mieux vous rendre contente,
Vous promener parmi lès fleurs.

Encor peu de jours, Clémentine,
Et le printemps va revenir :
Mêlez au bouquet d'églantine
La douce fleur du souvenir.

Le soir, durant la causerie,
Rappelez-vous les anciens jours
Où, riche de folâtrerie,
Votre âme allait riant toujours.

Gardez bien cette humeur lutine;
Malgré les *charmes* du présent
Chantez encore, Clémentine ;
Mais songez parfois à l'absent.

N'oubliez pas qu'il vous fit rire ;
Il le fera, sans doute, encor ;
Bientôt il va mettre à sa lyre
Corde nouvelle et touche d'or.

Au revoir donc, petite amie ;
Il faudra nous parler de loin
Jusqu'au jour où, moins endormie,
La France du beau prendra soin.

Hôpital maritime de Brest, 2 mars 1852.

Aux Dames brestoises.

L'EXILÉ.

AIR : *Salut, ô divine espérance !*

Fidèle à ma sainte chimère,
Le culte du bien et du beau,
Au rivage où naquit ma mère
Je vais demander un tombeau.
Anges gardiens de la patrie
Où le ciel m'avait appelé,

Femmes, pour vous, mon âme prie...
Un souvenir à l'exilé.

Bien loin de vous être importune
La voix murmurant ses douleurs
Vous émeut l'âme ; à l'infortune,
Vous souriez les yeux en pleurs.
Quand il vous fit belles, sensibles,
En vous le dieu s'est révélé.
Femmes, à vos heures paisibles,
Un souvenir à l'exilé.

Trop dure serait la souffrance !...
Bouche close et membres liés. —
Il m'étouffe l'air de la France ;
Sa terre me brûle les pieds.
Au sein de la libre Amérique
Je cherche un sol moins désolé.
Adieu, dames de l'Armorique !
Un souvenir à l'exilé.

En m'éloignant de la patrie
Où j'espérais finir mes jours,
Au milieu de vous, attendrie,
Mon âme reviendra toujours.

Au bruit des vents et de la lame,
Pour vous, le proscrit consolé
A Dieu dira son chant de l'âme,
La prière de l'exilé.

Rade de Brest, à bord du *Duguesclin*, 27 janvier 1852.

LE PAPE SANGLANT.

N'écoutez plus les discours de ce prêtre
Qui, sur vos corps, vers l'autel va tremblant;
Italien, il est parjure et traître...
Pontife... horreur! c'est le pape sanglant.

En recevant l'huile sacrée,
Il promit à son créateur
Une vie au bien consacrée,
Aux malheureux, un protecteur;
Il promit que l'âme éthérée
Reviendrait vierge à son auteur.
N'écoutez plus, etc.

Mais bientôt cette foi profonde,
Phare divin des saints aïeux,
S'efface et vers l'esprit immonde
L'infidèle tourne les yeux :
Les grandeurs, les biens de ce monde
Lui voilent la clarté des cieux.
N'écoutez plus, etc.

Ambitieux, il sacrifie
Au despotisme, à la fureur ;
Tyran poltron, il déifie,
Pour régner un jour, l'empereur ;
Païen moderne, il crucifie
Jésus dans Rome même ! horreur !
N'écoutez plus, etc.

Pour sauver un trône qui tombe,
Des honneurs, des biens passagers,
De Rome il vient creuser la tombe !
Pape, qui fais tous ces dangers,
Ah ! que sur toi le sang retombe !
Voici venir les étrangers.
N'écoutez plus, etc.

O parjure! ô honte nouvelle!
D'où partent ces coups inhumains?
La République fraternelle
Qui devait leur tendre les mains
Écrase la ville éternelle
Et vient enchaîner les Romains!
N'écoutez plus, etc.

Hélas! Français, votre victoire
Retentira dans l'avenir,
Mais comme lamentable histoire,
Comme dégradant souvenir.
Oh! sonne l'heure expiatoire
Avant que Dieu vienne punir.
N'écoutez plus, etc.

Et vous, qu'une stupide rage
Livre à ce fléau meurtrier,
Romains, bravez toujours l'orage :
Ce pape sera le dernier!
Romains, type du haut courage,
A vous la palme.... et le laurier.
N'écoutez plus, etc.

De ma Cachette, 2 juillet 1850.

ADIEUX DES EXILÉS

AUX MATELOTS DU VAISSEAU LE DUGUESCLIN, EN PARTANCE POUR CAYENNE.

Air *de Pauvre Jacques.*

Bientôt, sous la voûte étoilée,
Au souffle embaumé du printemps,
Sur le Gaillard, joyeux, contents,
Vous commencerez la veillée.
Le soir, au murmure des flots,
Dites nos chants, bons matelots.

Quand vous franchirez le tropique,
Par la mer mollement bercés,
Nous irons, au loin dispersés,
Toujours chantant la République.

Au sublime concert des flots,
Mèlez vos chants, bons matelots.

Bien souvent, la voix attendrie,
En mesurant notre malheur,
Vous enverrez l'adieu du cœur
A vos amis qu'on expatrie.
Au sublime orchestre des flots.
Mèlez vos chants, bons matelots.

Vous direz encore : « Au naufrage,
» Ils opposaient un cœur d'airain :
» L'œil calme et fier, le front serein.
» Ils regardaient passer l'orage.
» Au superbe fracas des flots.
» Mèlons nos chants, bons matelots.

» Mais ils partaient pleins d'espérance.
» Ils souriaient à l'avenir.
» Marins, ayons bon souvenir
» Des amis exilés de France.
» Dieu les garde ! — A la voix des flots
» Mèlons nos chants, bons matelots. »

Ainsi, durant la traversée,
Nous reviendrons en vos esprits.
A leur tour, pour vous, les proscrits
Aux vents diront même pensée :
Dieu vous garde ! — Au doux bruit des flots
Chantez en paix, bons matelots (11).

Rade de Brest, à bord du *Duguesclin*, 14 février 1852.

A Madame de St-Aubin,

SUPÉRIEURE DES SOEURS GRISES A L'HÔPITAL MARITIME DE BREST,
POUR LE JOUR DE SA FÊTE.

En attendant l'exil où doit traîner la vie
De ceux bannis de France après l'avoir servie,
L'âme, au culte du bien appelée, aime à voir
La vertu qu'à la femme inspire un beau devoir.
Ange des malheureux, vous, par qui l'espérance
Ranime le malade en proie à la souffrance;
Modèle de bonté, de paix, de sentiment,
Vous qui portez au cœur la foi du dévoûment,
De mes frères, de moi, par mon chant de prophète,
Prenez ce grain d'encens brûlé pour votre fête.
Chaque an, nous l'offrirons, doux et pur souvenir,
Bouquet des exilés heureux de vous bénir.

Hôpital maritime de Brest, 25 février 1852.

VERS ÉCRITS

AU MOMENT DES ADIEUX, SUR LE CARNET D'UN CITOYEN BRESTOIS QUI, AVEC DEUX AUTRES AMIS, ÉTAIT VENU NOUS CONDUIRE JUSQU'A LANDIVISIAU.

Aujourd'hui la France appauvrie
Comme une malade s'endort,
Nous reviendrons quand la patrie
Foulant d'un pied d'airain la couronne flétrie
Aura chassé les prêtres du veau d'or.

NOTES.

NOTES.

---

(1) ..... Ils font route à minuit.

Nous sortîmes du fort d'Ivry, à minuit dix minutes, sous une formidable escorte d'infanterie de ligne, de gendarmes et de lanciers ; bon nombre de soldats étaient ivres.

Après avoir pris la précaution touchante de nous lier deux à deux, on fit, comme d'habitude, charger les armes devant nous, et le commandant n'omit point la féroce allocution en usage dans ces jours néfastes : « Vous voyez que les fusils ne sont pas » chargés à blanc, tenez-vous donc pour avertis que la moin- » dre tentative d'évasion sera réprimée de la façon la plus » vigoureuse. »

Voilà comment parlaient ces cannibales en uniforme, nourris, habillés, entretenus par nous.

Ainsi liés deux à deux, nous marchâmes pendant trois heures et demie pour arriver, au chemin de fer du Havre, à quatre heures moins vingt minutes. A quatre heures nous quittions l'embarcadère, flanqués, dans chaque waggon, de gendarmes et de sergents de ville.

(2) ...... instrument de faussaires.

La dure leçon deux fois donnée à Léon Faucher pour ses gentillesses dignes du bagne, n'a pas arrêté ceux d'aujourd'hui. Les commandants du *Canada* et du *Duguesclin* avaient, en effet, reçu l'ordre de prendre à leur bord 500 *repris de justice*. On avait même voulu élever ce nombre et le porter à 800. M. Mallet commandant le *Duguesclin* offrit sa démission plutôt que d'être contraint, disait-il, à rendre 800 cadavres au lieu de 800 hommes vivants.

(3) ...... annoncer les *forçats*.

Le banquier Delamarre, l'homme aux *comptes de retour* au moyen desquels s'exercent le faux en écriture commerciale et des escroqueries de cuisinière, son valet Céséna, Véron, Granier de Cassagnac, tous attachés à ces deux feuilles immondes portant pour étiquette la *Patrie*, le *Constitutionnel*, avaient pris à l'avance, de la façon la plus lâche et la plus infâme, selon leur habitude, les moyens propres à la propagation de cette hideuse calomnie. Ces dignes soutiens de la saturnale néronienne battaient la caisse depuis plus de dix jours, afin d'habituer le public à considérer comme des forçats les prisonniers politiques destinés à partir pour Cayenne, à la suite de l'orgie sanglante de décembre. Cette date, qui n'a de similaire dans l'histoire d'aucun peuple, restera comme le monument de la plus ignoble barbarie qui ait jamais souillé l'histoire d'une nation.

(4) Sans eau, sans air, comme des animaux.

A bord du Canada, nous étions *enfermés*, au nombre de 104 dans un espace de 14 mètres de long sur 4 50 de large et environ 1 m. 80 de hauteur, ce qui donne un cube de 113 m. 40 d'air ambiant, et ici nous ne tenons pas compte de l'espace occupé par les corps humains. Or, il faut à chaque homme 14 m. cubes pour vivre, soit 1,456 mètres cubes pour 104 hommes, nous avions 113 mètres, c'est-à-dire un peu plus d'un mètre cube par tête, encore cet air était-il profondément vicié; il nous manquait donc 1,333 mètres cubes d'air, selon les lois de l'hygiène. Telle était notre situation à tribord arrière; les autres étaient dans de pareilles conditions, excepté ceux placés dans la batterie; ceux-ci pouvaient ouvrir les sabords.

Nous ne pouvions en faire autant des hublots. Les vagues qui longeaient la frégate nous auraient noyés dans notre trou. De temps en temps on nous donnait la *manche à vent*, véritable bienfait alors. C'est un énorme sac pareil à celui d'une trémie, mais bien plus long, et fixé au milieu du mât par un triangle en toile, présentant ensuite la bouche du tube où l'air s'engouffre et parvient ainsi jusqu'au fond du navire. Nous bénissions cette bienheureuse manche à vent quand nous la voyions s'allonger à l'arrière. Mais il fallait que le capitaine songeât aussi à nos compagnons, aussi malheureux que nous. C'était donc pendant six heures seulement sur 24, qu'il nous était permis de jouir du bienfaisant tube; le reste du temps nous haletions.

La nuit, pas de lumière, et défense d'en allumer. Un doux gendarme avait menacé d'éteindre d'un coup de pistolet la bougie de l'un de nous. Cette privation de lumière est bien plus pénible qu'on ne le pourrait croire, surtout dans notre position affreuse et presque tous atteints du mal de mer. Bon nombre incapables de se mouvoir et mourant de soif, les plus valides étaient obligés d'aller au charnier afin de rapporter de quoi soulager nos infortunés camarades. Mais ce trajet était lui-même une difficulté sérieuse et pénible. Le plancher, jonché de corps étendus sans mouvement, ne laissait pas inoccupée une place grande comme la main. Il fallait donc se traîner à quatre pattes, en tâtonnant dans l'ombre, sous peine d'écraser des têtes, des membres ou de marcher sur le corps des malades. On rampait donc.

Autre inconvénient grave : fixés solidement aux parois du navire, les charniers clos hermétiquement, ne permettaient de boire qu'à l'aide de petits syphons placés sur le contour. Comment faire pour donner de l'eau aux malheureux qui ne pouvaient pas même se traîner. On s'ingénia. Après avoir mis de l'eau dans la bouche, on la versait dans un gobelet. Quatre ou cinq gorgées étant ainsi réunies, la route était reprise en rampant jusqu'à ceux dont le mal de mer anéantissait les forces. De la sorte, il nous fut permis d'humecter de temps à autre la gorge brûlante de nos compagnons d'infortune. Quand on n'avait pas de gobelet il fallait prendre de l'eau dans sa bouche et la reverser, comme font les pigeons pour leurs petits, dans la bouche du malheureux dévoré de soif.

Ajoutons à cela une nourriture dont n'auraient pas voulu

des porcs, de la vermine à foison, et vous n'aurez pas encore une idée suffisante de nos souffrances à bord du Canada.

(5) ..... Le feu dans la machine!

Déjà nous venions d'échapper à un premier et très-grave danger; un coup de mer avait enlevé l'une des poulaines, auprès du tambour. Une raffale furieuse venait de jeter le petit foc et la misaine dans l'une des pagaies; il fallait couper les amarres à coups de hache afin de débarrasser la roue. Le navire ne gouvernait plus et nous étions à 500 mètres des roches noires; un coup de pierrier nous en avertit. Le capitaine, Bouet de Villeneuve, attaché sur son banc, donna l'ordre le plus énergique de faire tous les efforts imaginables afin de remettre la machine en mouvement et de gagner, s'il se pouvait, la haute mer. Vaillamment secondé par l'équipage, il parvint à ses fins et fit mettre à la cape.

Cependant un des coussinets de la machine, trop fortement serré, dit-on, était parvenu, par suite d'un frottement hors de toute règle, à un degré d'incandescence égal à celui d'une gueuse de fer dans la forge, il était rougi à blanc. On dirigea immédiatement des jets de pompe sur le foyer; cette manœuvre fut continuée toute la nuit et l'on était maître du feu lorsque le vent faiblissant et la mer devenue moins dure, les esprits peu à peu se rassurèrent.

Mais l'émotion avait été profonde, surtout quand on vit ouvrir les portes qui, jusque-là, nous avaient tenus étroitement captifs. « Allons, disaient quelques-uns en voyant cette mesure, nous » sommes perdus, seulement on nous ouvre pour que nous ne » soyons pas noyés dans notre cage. »

(6) ...... de rude traversée......

A quelque chose malheur est bon, dit le proverbe; c'est en effet au mauvais temps que nous devons de n'être point allés à Cayenne. En prenant le soin si délicat de nous annoncer comme des *forçats,* le pouvoir avait donné l'ordre au commandant du *Duguesclin* de lever l'ancre aussitôt après notre embarquement. Partis le 10 janvier du Havre, par un assez beau temps, nous devions, s'il avait continué, être rendus en rade de Brest le 11 au soir, ou au plus tard dans la nuit. Le transbordement du *Canada* sur le *Duguesclin* aurait eu lieu le 11 au matin. Le vaisseau devait partir six heures après. Cette combinaison infâme, servilement copiée sur les actes de fructidor, aurait été suivie jusqu'au bout. Un contre-ordre parti de Paris quand on savait le navire en haute mer, aurait été suivi de cette déclaration hypocrite : « *l'acte de clémence n'a pu avoir son effet; déjà le navire avait pris la mer.* » Par malheur pour l'habileté de ces sycophantes, (mon Dieu! qu'ils sont hideux!) les vents d'ouest vinrent se jeter à la traverse et déjouer les calculs homicides si bien combinés dans l'ombre, il n'était plus temps! L'opinion publique, justement alarmée, se prononçait et parlait trop haut pour qu'on se permît d'assassiner froidement 500 hommes après les avoir lâchement calomniés.

Nous devons donc au mauvais temps de n'être point partis pour la Guyanne ; aux vents d'ouest, qui nous firent danser si rudement, d'être à cette heure sur le continent européen. C'est le cas de répéter avec le proverbe : « A quelque chose malheur est bon. »

(7) .... Des mets que je ne décris pas.

La privation de vin fut une des plus dures que nous eûmes à supporter. Mais c'était l'ordre rigoureux du ministre Ducos, dont le roman bigame fit tant de bruit naguère à Paris. O soutien et ami de la famille!

Cet apôtre des bonnes mœurs, le Ducos susdit, avait fait embarquer sur le *Duguesclin* les *vivres avariés des forçats;* c'était là notre nourriture. Biscuit et gourganes où les vers foisonnaient, petits haricots faisant effervescence et s'écartant, sous l'eau de potasse qui servait à les cuire, comme la chaux vive dans l'eau; un peu de mauvaise viande deux fois par semaine; deux fois aussi de la morue salée assaisonnée de beurre rance et de vinaigre ayant couleur d'huile de poisson; du pain plus mauvais que celui des forçats: voilà notre ordinaire, sans vin, bien entendu. On en donna pourtant un peu, *comme remède,* à raison de 42 centilitres par homme, et pour une cinquantaine des plus malades. Mais bientôt l'administration de la marine intervint et le vin-remède fut supprimé. Deux ou trois des médecins du bord donnèrent alors leur démission.

On peut se faire une idée de l'humanité de ce Ducos par les ordres donnés au commandant Mallet : défense d'ouvrir les sabords; défense de nous laisser monter sur le pont, de peur, sans doute, des communications avec la terre. Le commandant n'observa point ces injonctions de tuerie latente; il passa outre et fit venir des cantinières qui apportèrent un peu de diversion à la nourriture homicide ordonnée par Ducos. Mais le vin nous fut toujours interdit, malgré les énergiques réclamations du commandant.

(8) ..... Le meurtrier Maupas.

Les uns affirment que le Maupas d'aujourd'hui est le même que l'assassin du layetier de la rue Taitbout; les autres le nient. — Sans m'occuper de ce fait, j'appelle Maupas meurtrier, à cause des assassinats commis sous ses yeux et par ses ordres à la préfecture de police, lors de la saturnale sanglante de décembre. — Voir à ce sujet l'ouvrage d'Hippolyte Magen, *Mystères du 2 décembre*.

(9) .... Du bâtard Bonaparte.

Voir à ce sujet l'ouvrage publié lors de la chute de Napoléon : *Incestes, adultères, crimes de la famille Bonaparte, 2 volumes, Paris,* 1814.

A propos de la naissance de celui qui nous occupe, le roi Louis de Hollande, déposa, disent beaucoup de gens, à La Haye, un acte authentique en *désaveu de paternité*. Cet acte, prétend-on encore, fut la cause principale qui le fit descendre du trône de Hollande.

Et c'est ce bâtard désavoué qui veut être empereur! La France serait bien lotie et ferait preuve, en l'acceptant, d'un goût bien délicat.

(10) .... Alliée au sang russe.

Elle est femme du riche Demidoff, ce qui ne l'empêche pas de se pavaner avec son Prussien ou Hollandais Niewkerque, ou Niewerkerque. C'est pour donner une position à cet étranger que, dans une orgie de nuit, Bonaparte ivre, sollicité par sa cousine, révoqua Jeanron, homme de beau talent, et mieux, honnête homme, le meilleur directeur du Musée que nous ayons eu. Il fallait bien faire quelque chose pour *l'étalon de notre cousine*, comme l'a dit avec tant de délicatesse le preux d'Eglington et de la police de Londres.

Au reste, cette femme affiche dans ses mœurs un cynisme que Messaline n'eût point désavoué. On raconte tout haut son aventure avec un médecin de Boulogne, sous Paris. Les choses ne se passent pas autrement dans un lupanar bien tenu.

Sous ce rapport, la princesse ôsez ! ôsez ! est on ne peut mieux placée à la cour de son cousin.

(11) . . . . . Bons matelots.

Les dames de Brest s'étaient montrées fort touchées de notre misère. Elles nous envoyèrent des cuillers, des jeux d'échecs, de dominos, de cartes, attention d'autant plus douce de leur part que nous n'avions rien demandé. C'était de la spontanéité du cœur.

Les deux équipages du *Canada* et du *Duguesclin* nous furent aussi très-sympathiques; de même les habitants de Brest. Plusieurs négociants de la ville vinrent, avec des élèves en médecine, nous conduire jusqu'à Landivisiau, 32 kilomètres de Brest, Lachambeaudie et moi. « Dieu vous garde ! me disait » l'un d'eux au moment des adieux; vous avez fait couler bien » des larmes et vous emportez bien des cœurs. »

Nobles gens!

Je ne terminerai pas ces notes sans laisser ici un témoignage de ma reconnaissance pour M. Quesnel, médecin en chef et professeur de pathologie interne à l'hôpital maritime de Brest. Homme de manières délicates, d'une intelligence fort élevée, il est aussi, pour ses malades, le plus attentif de tous les médecins de clinique que j'ai vus. Voici un fait que je me trouve heureux de consigner ici : le jour du mardi-gras, pendant que toute la ville de Brest était au bal, un des nôtres gisait, mourant. Atteint de péripneumonie intense et de fièvre typhoïde, Roccard, de Montargis, était considéré comme perdu. Après dix heures du soir, la porte de la salle des *consignés* s'ouvre ; quelqu'un paraît, c'est le docteur Quesnel. Il va droit au lit du moribond, l'examine, l'ausculte, ordonne et fait exécuter devant lui ses prescriptions. Puis il passe à chacun des lits et s'informe, près de ceux qui ne dormaient pas, de leur état de santé. Plusieurs fois il nous fit de ces visites nocturnes. Le digne docteur fait de sa profession un sacerdoce.

Nous étions de sa part l'objet d'une distinction particulière. Quand le docteur Quesnel entrait dans notre salle des *consignés*, la sévérité de la discipline s'arrêtait à la porte. La parole douce, bienveillante et pleine de délicatesse était celle dont il usait pour nous questionner sur notre état. Si ces lignes passent sous ses yeux, Dieu le veuille ! le noble médecin recevra du moins de nous le témoignage de ce qu'il nous était permis d'offrir, l'expression d'une reconnaissance que nous sommes heureux de proclamer.

www.ingramcontent.com/pod-product-compliance
Ingram Content Group UK Ltd.
Pitfield, Milton Keynes, MK11 3LW, UK
UKHW020412230726
13925UKWH00004B/1377

9 782013 632362